SIENCYN

CYFRES DARLLEN STORI
LLYFR DARLLEN YCHWANEGOL

GAN
MARY VAUGHAN JONES

ARLUNWAITH GAN
ROWENA WYN JONES

atebol

Cyhoeddwyd yn wreiddiol gan Gymdeithas Lyfrau Ceredigion a Gwasg Gomer

Cyhoeddwyd yn 2021 gan Atebol Cyfyngedig,
Adeiladau'r Fagwyr, Llanfihangel Genau'r Glyn, Aberystwyth,
Ceredigion SY24 5AQ

ISBN: 978-1-80106-129-2

Mae cofnod catalog ar gyfer y cyhoeddiad hwn ar gael yn Llyfrgell Genedlaethol
Cymru a'r Llyfrgell Brydeinig.

Argraffwyd a rhwymwyd yng Nghymru

atebol.com

Dyma Siencyn.

Dyma sanau newydd,

sanau newydd
i Siencyn.

Mae Siencyn
yn mynd allan.

Mae'r gwynt
yn chwythu
ac yn chwythu,

ac yn chwythu
Siencyn
i'r baw.

O, mae baw
ar y sanau newydd.

Mae Siencyn
yn mynd yn ôl
i'r tŷ.

Dyma ddŵr
a sebon
i olchi'r sanau.

Mae Siencyn
yn golchi'r sanau
yn y dŵr a'r sebon

ac wedyn
yn rhoi'r sanau
ar y lein.

Mae'r gwynt
yn chwythu'r sanau
ar y lein.

Mae Siencyn
yn y tŷ.

Wedyn,
dyma Siencyn
yn mynd allan
at y lein.

Mae un hosan
ar y lein.

Ond ble mae'r
hosan arall?

Beth sydd yna?

Beth sydd yna?

Hosan
yn neidio.

Hosan
yn sboncio.

Hosan
yn neidio
ac yn sboncio.

Dyma'r hosan.

Beth sydd yna
yn yr hosan?

Cwningen fach.

Cwningen fach
oedd yn neidio
yn yr hosan.

Cwningen fach
oedd yn sboncio
yn yr hosan.

Mae Siencyn
yn y tŷ.

Mae'r gwningen fach
allan yn y gwynt.

Geirfa

Geiriau yn nhrefn yr wyddor

ac	Mae
allan	mynd
ar	neidio
arall	O
at	oedd
baw	ond
Beth sydd yna	rhoi
ble	sanau newydd
cwningen fach	sboncio
chwythu	sebon
dŵr	Siencyn
Dyma	tŷ
golchi/olchi	un
gwynt	wedyn
hosan	yn
i, i'r	yn ôl
lein	

CYFRES DARLLEN STORI

LLYFRAU DARLLEN YCHWANEGOL

Mae tri o lyfrau darllen ychwanegol:
BOBI JO,MORGAN A MAGI ANN a *SIENCYN.*

Mae'r tri llyfr o'r un radd, yn cynnwys yr un nifer o dudalennau ac yn cyflwyno'r un nifer o eiriau.

Mae'r llyfrau hyn yn addas i'w darllen i'r plant lleiaf ac yn addas hefyd fel defnydd darllen ychwanegol i'r plant sydd wrthi'n darllen y llyfrau cyntaf yn y gyfres.

CYFRES DARLLEN STORI

Mary Vaughan Jones

Camp Mary Vaughan Jones yn y gyfres hon oedd creu deunydd mewn iaith sydd wedi ei graddio'n ofalus i gynorthwyo'r darllenydd ifanc dibrofiad, heb fod hynny'n amharu dim ar rediad naturiol pob stori.

Er bod sawl blwyddyn wedi bod er pan grëwyd Sali Mali, Tomos Caradog a Jaci Soch, cymeriadau a ddaeth yn gymaint o ffefrynnau, mae'r storïau amdanyn nhw'n parhau i danio dychymyg plant bach hyd heddiw.

Dyma argraffiad newydd o'r gyfres ddarllen fwyaf poblogaidd erioed i ymddangos yn yr iaith Gymraeg. Mae cenedlaethau o blant Cymru wedi llwyddo i ddysgu darllen ac wedi cael eu diddanu wrth droi at y gyfres hon.

Teitlau'r gyfres:

Sali Mali
Y Pry Bach Tew
Annwyd y Pry Bach Tew
Jaci Soch
Tomos Caradog
Yr Hen Darw
Pastai Tomos Caradog
Bobi Jo
Morgan a Magi Ann
Siencyn

'Dyma gyfres ddarllen fuddiol iawn gyda'i phwyslais ar ennyn a chynnal diddordeb y plant, ac wrth wneud hynny, eu dysgu i ddarllen.' – Arolygwr Ysgolion